Ich Ewiges Kind

Egon Schiele

Ich Ewiges Kind

나, 영원한 아이

Egon Schiele

에곤 실레

Moon Yurim · Kim Seona

문유림 · 김선아

옮긴이의 말

세상의 일이란 것에 끝이나 완성이 있는지는 잘 모르겠지만, 나는 사회에서 볼 때 아무것도 제대로 완성을 하지 못하는 사람입니다. 대학교도 두 군데나 다녔으면서 졸업은 어디서도 하지 못했고, 뭘 해도 끝에 가서 그만두기 일쑤였습니다. 이런 내가 이 일을 마칠 수 있었다면, 아마도 함께하자고 제안했던 문유림 역자와 일을 하는 게 좋았다는 것, 그 하나 때문일 것입니다. 예전의 나는 아마 이런 말을 하는 자신을 비웃었을 것입니다. 그때는 세상에 몹시 어렵고 중요한, 정말 아름답고 의미 깊은 무언가가 있을 거라 믿었고, 마치 그 막연한 것이 나를 구원이라도 해 줄 것처럼 붙들고 매달렸습니다. 그것들은 주로 인간의 고뇌라던지, 사는 것과 죽는 것, 삶의 목적, 무엇이 진실이고 현실인지 등에 대한 고민이었는데, 그런 고통에 찬 고민을 해야만 멋진 예술가, 멋진 사람이 될 수 있다고 믿었습니다. 그래서 죽는 것보다 사는 게 진정으로 이로운 일인지도 매 순간 고민했습니다. 결국 그 답은 '나는 어쨌든 살아있다'였고, 자기 죽음에 대해 생각하는 것도 정말로 살고 싶어서였다는 걸 받아들여야 했습니다.

사람은 자기가 느껴본 만큼만 세상을 볼 수 있다고들 말합니다. 내가 보는 세상은 에곤 실레가 보는 세상과 같을 수가 없습니다. 그런데도 이 글을 번역하는 건, 에곤 실레는 죽었지만, 그의 작품을 보고 글을 읽는 우리, 그리고 이 세상은 살아있기 때문입니다. 오직 그 이유만으로도 충분히 가치 있다고 생각합니다. 아무 꾸밈도 덧붙임도 없이, 살아있는 나 자신으로 사랑받는 것이 살면서 가장 원하는 일이면서도 가장 두려운 일입니다. 가끔은 세상이 이렇게 복잡해진 이유도 이 때문이 아닐까 생각합니다. 에곤 실레의 시를 번역하며 이 사람도 끊임없이 진짜 자기 자신이 되고자 그림을 그리고 글을 썼다는 걸 거듭 느꼈습니다. 그리고 그것은 살아있으려는 의지이며, 존재하려는 의지와 같았습니다. 에곤 실레도 살아 있기에 아름다웠고, 살아있다는 것 자체만으로 아름다웠던 사람이기에, 이 사람의 글과 작품을 볼 때도 거기에 좋다 나쁘다 하는 평가보다, 그 너머에서 빛나고 있는 것을 볼 수 있기를 바라는 마음에 이 글들을 옮깁니다.

김선아

Contents

02 Anarchist 아나키스트

Self-Portrait
자화상

나,
영원한
아이

나는 언제나 간절한 사람들의 길을 지켜보았다.
그들 속에 있고 싶다는 생각은 하지 않았지만.

나는 이렇게 말했다,
나는 얘기했고 얘기하지 않았으며,
나는 들었으며, 그들을 이해하기를 강렬히 바랐다.
그리고 더 깊이는 그들의 안을 보기를 원했다.

나 영원한 아이는 내게 연민을 불러일으키는 이들과
내게서 멀어 나를 보지 못하는,
하지만 나는 볼 수 있는 이들을 위해 희생했다.
그들에게 선물을 보내고 눈길을 주고
그들을 보고 싶어서 떨리고 빛나는 마음을 전했다.
나는 그들 앞에 극복할 수 있는 길들의 씨앗을 뿌렸지만
말하지는 않았다.
곧 그들 중 누군가는
그들 안을 들여다보는 얼굴을 알아채고,
더 질문 하지 않았다.

나 영원한 아이는
결국 돈이 가진 전통, 속박, 환율, 유용성을 붙잡고

자화상, 미상

눈물 속에서 돈을 저주하고 조롱했다.

나는 돈을 별 것 아닌 것으로 여겼었다.
금덩이의 무가치함처럼
돈과 무가치함은,
내게 지속하지 않는 숫자처럼 가치 없고
흥미조차 끌지 않는 것이었다.

그러나 나는 눈물 속에서 그저
돈의 유용함을 비웃을 뿐이었다.

왜지?
질문 하나가 떠오른다.
왜일까?

누군가는 말한다, 돈은 빵이야.
누군가는 말한다, 돈은 상품이야.
누군가는 말한다, 돈은 삶이야.

하지만 누가 말할까, 돈이 당신이라고? 상품이라고?
오 이런, 살아 있는 생물이라고?

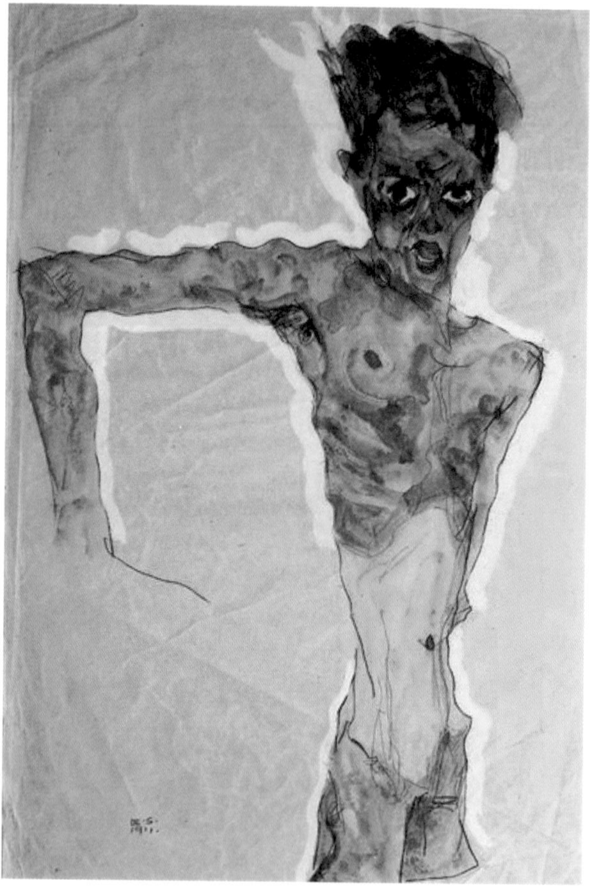

자화상, 1911

생명은 도대체 어디에 있는데?

이것은 절대 좋은 거래가 아니다.
국가들은 진짜 살아 있는 것들을 보호하지 않는다.

그대 자신이 되어라!
그대 자신이!

그 책에 당신의 표식을 할 때에
모든 것이 살아 움직이기 시작할 것이다.

삶이란 가난한 이들과 영원한 추종자들을 위해
망각을 퍼트리고, 씨앗을 뿌리고, 낭비하는 것 아닐까?

오 영원한 제자들!
오 영원한 단결!

영원한 국가들의 위대한 것들은,
살아있는 몸들의 애처로운 신음과 대중들,
즉 국민들과 군인, 관리, 민족주의자, 애국자, 회계사,
지위자, 수학자들의 불평불만들이다.

○

예술가에게 가장 중요한 것은
끊임없는 두려움에서 벗어나
실존에 가 닿는 일이다.
돈이나 사회적 시선 같은 굴레에서 벗어나
솔직하고 온전한 '자신'이 되는 일이
예술의 본질이자 시작이기에,
영원히 아이로 존재하지 않고는
가능하지 않은 일 아닐까.

예술을 하는 일,
예술가로 사는 일.

그 무슨 차이가 있단 말인가?
무엇을 하는 사람과 하지 않는 사람 사이에.

기만은 '계산'이 발명된 곳에서 이루어지는
하나의 행동이다.
말은 행동이 아니다.
오히려 죽은 행동이다.

그렇다면 말들은 어디로 날아가는가?
그것을 표현할 수 있는 것은 오직 예술가뿐이다.

살아있는 것들은 모두 유일하다.

구하라!
액자도, 상품도, 작업도 아닌 '그림'을.
그림은 무엇인가?
내게로부터 나온 것이 아닌 내 밖의 것이다.
나를 사라… 그 조각들을.

나는 가장 처음
영원한 봄의
오솔길을 보았다

그리고 광적인 폭풍을 보았고 작별을 고해야 했다.
인생의 모든 장소로부터의 영원한 작별을.
처음에는 평온한 풍경들이 나를 둘러쌌다.
그 순간 나는 분꽃들과 말 없는 정원과 새들의 향을
이미 맡고 들었다.
새들? 나는 번뜩이는 눈으로 그들의 눈에서
내 전부를 분홍색으로 보지 않았던가?
새들은 죽었다.
나는 가을이 되면 종종 반쯤 감은 눈으로 울었다.
또 여름의 찬란함을 즐기다가도
내 영혼을 흰 겨울로 칠하는 자신을 비웃었다.
봄이 되면 나는 온 세상을 얘기하는
한 곡의 음악을 떠올렸다.
그때까지는 좋았다.
나태한 시간과 무기력한 학교생활이 시작되면서
나는 영원한 죽음의 마을에서 나를 잃었다.
그 시절 나는 아버지의 최후를 맛보았다.
순진한 선생들은 내게 늘 최악의 적이었다.
이제 나는 나의 생명에 삶을 돌려주어야 한다!
비로소 나는
모든 것의 태양을 다시 마주하고
자유로워질 것이다.

우리는 내면으로 돌아 가고 있는가,
영원한 자연으로 향하고 있는가…

지는 해, 1913

감각

높은 고도의 바람이 척추를 식혔다.
그래서 나는 걷기 시작했다.

장밋빛 벽 위에서 나는
계곡과, 산과, 호수와,
거기에 걸어 다니는 짐승들과 함께 산다.
세상 전부를.

나무 그림자와 태양의 흑점은
구름을 생각나게 했다.

이 땅 위에서 나는 걸었다.
내 사지를 느끼지 않고서.
내 마음이 너무나도 가벼웠다.

○

실레에게

온전한 '감각'은

모든 느낌으로부터 자유로운 것,

그래서 가득한 상태.

앉아 있는 남자의 누드, 1910

해바라기, 1908

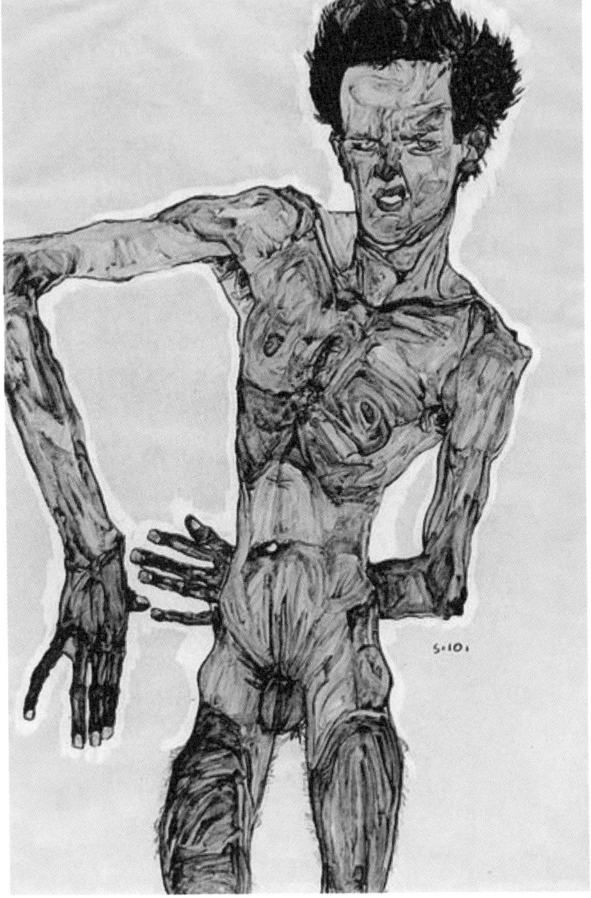

자화상 누드, 1910

자화상,

혹은 : 관찰

저 위, 넓은 숲 가장자리
어렴풋한 재잘거림이 들려오는 나라에서
하얗고 거대한 이를 푸른 연기 속에 천천히 내어 보내라.
숲에 이는 하얀 바람을 마시고 또 마셔라.

그는 동굴 내음을 풍기며 대지를 지나가고

웃고,
그리고
운다.

○

세상을 만약

두 개의 감정으로 나눈다면,

웃거나 우는 것

자화상, 미상

아나키스트 - 태양

붉어지는 것을 느껴보라!
흰빛으로 흔들리는 바람의 냄새를 맡고,
우주 속을 바라보아라. 저 태양을.

노란빛으로 반짝이는 저 별들을 너의 마음에 들 때까지,
깜박거리는 두 눈꺼풀이 감기는 것을 이길 수 없을 때까지
바라보라!
정신의 세계들이 너의 몸으로부터 찬란히 빛날 것이다.

불이 밝혀진 손가락이 떨리게 내버려 두라.
흔들리는 채로 찾아야 하는,
돌진하는 채로 멈춰 있는,
달리는 채로 누워 있는,
잠든 채로 꿈꾸는,
꿈꾸는 채로 깨어 있는 것들이
당신을 부딪치고 가게 두라.

열기가 굶주림과 갈증과 권태를 집어삼키고,
그 자리에 다시 피가 흘러갈 것이다.

언제나 여기 계신 아버지, 나를 바라봐 주세요,

나를 감싸주세요, 내게 주세요!
이다지도 가까운 세계가 굴러떨어지다가
솟구쳐 오르며 성을 내고 있습니다.
당신의 고귀한 뼈를 내밀어
부드러운 귀 한쪽과 파랗고 창백한 아름다운 눈 한쪽을
빌려주세요.

아버지, 당신 앞에 있었던 것은, 바로 저입니다!

○

세상을 향해

'감각' 밖에는 할 수 없는 자신을 보는 것.

약한 채로 강한 어떤 상태.

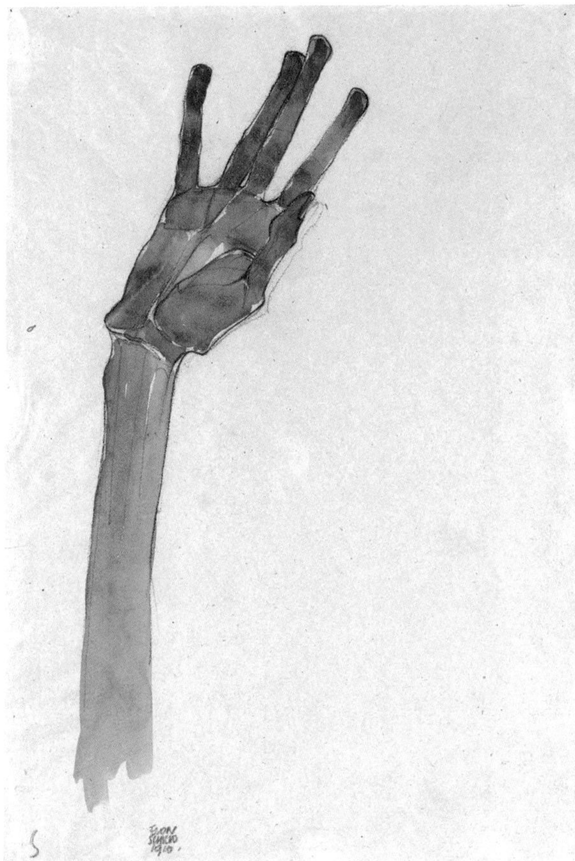

붉은 손, 1910

누드, 미상

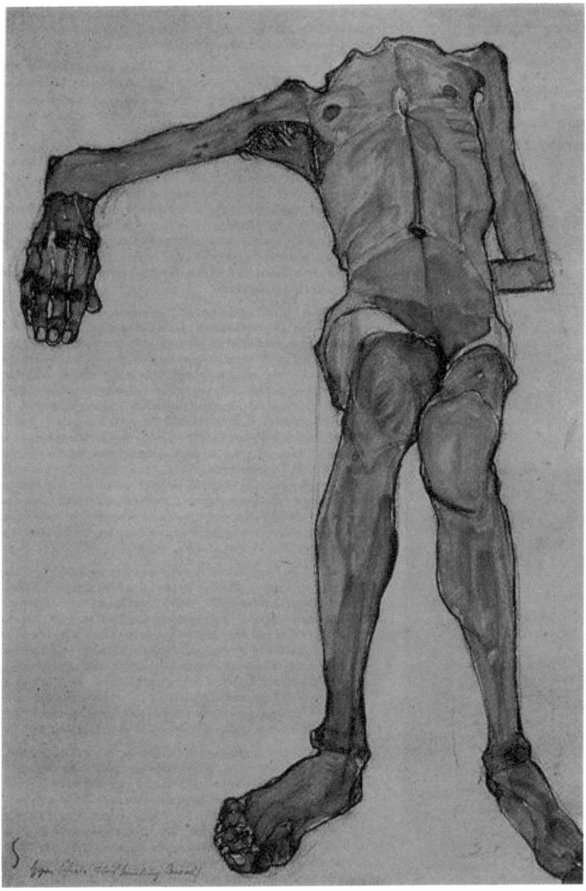

오른 손을 뻗고 있는 남자의 누드, 1910

익사하는

음악

때때로 검은 강이 내 모든 힘을 굴복시켰다.
작은 하천들은 깎아 내지르는 듯한 가파른 기슭처럼 거대해 보였다.
나는 회오리바람 속에서 몸부림쳤다.
그리고 내 안에 흐르는 멋지고 아름다운 검은 물소리를 들었다.
나는 다시 황금빛 힘을 들이켰다.
강이 더욱 강하고 세차게 흘러갔다.

○

우리가
가닿아야 할 강은
어디일까?

연못에 비친 나무, 1907

하얀 하늘

아래서

지금.
나는 이전과 변한 것 없는
검은 마을에 다시 서 있다.

가난한 사람들,

너무도 가난하여,
붉게 물든 가을 나뭇잎이 그들처럼 보인다.
가을은, 겨울바람의 나라에서 몸을 쉬어간다.

○

연민,

동시에 투영

꽃밭, 1910

손으로 얼굴을 감싼 소년, 1910

다가오는
태풍

지평선을 감도는 어두운 구름.
물 숲. 예고자들.
신음하는 오두막과 윙윙대는 나무들
나는 검은 강으로 향했다.

새들이 시든 나뭇잎처럼
바람에 흔들리고 있었다.

○

바람에 흔들리고 있었다…

바람에 흔들리고 있었다…

울타리 너머 벌거숭이 나무, 1912

흰 백조

이끼 냄새 짙은
검은 호숫가 위로

무지갯빛 거품을
가로질러

백조 한 마리 고요히,
고상하고도 둥그렇게
미끄러져 간다.

○

뼛속까지 혼자임을 느낀 순간,
눈앞에 보인 풍경과의 마찰.

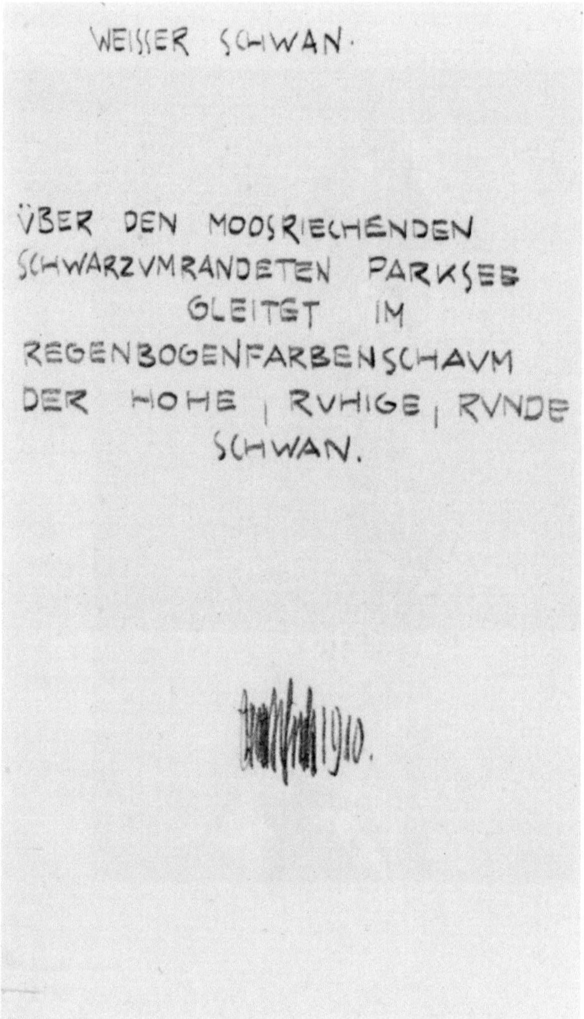

WEISSER SCHWAN.

ÜBER DEN MOOSRIECHENDEN
SCHWARZUMRANDETEN PARKSEE
GLEITET IM
REGENBOGENFARBENSCHAUM
DER HOHE, RUHIGE, RUNDE
SCHWAN.

1910.

옷을 입은 여인, 기댄 모습, 1910

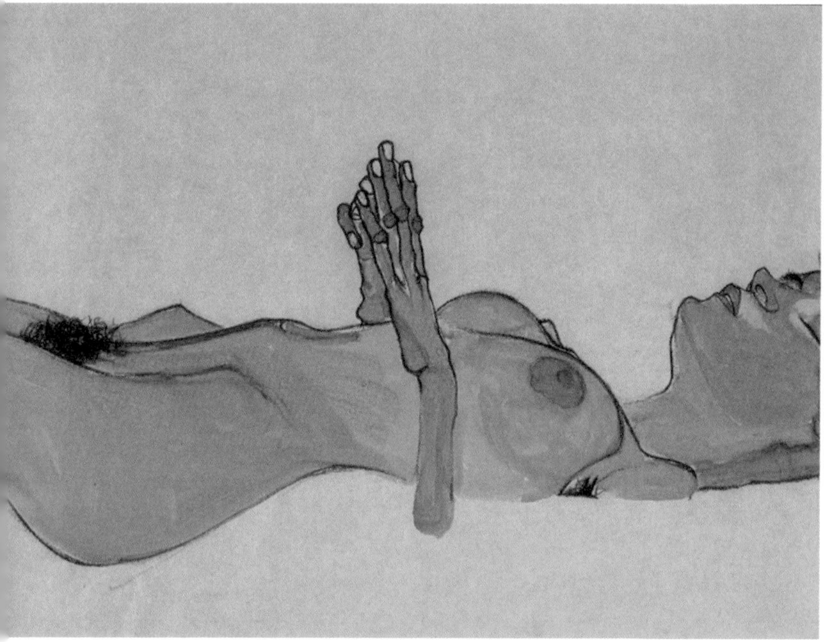

미상

자화상 I

섬세한 생명력에서 태어난 영원한 몽상은
끊임없이 내면, 영혼, 애절한 고통 같은 것으로 불타오르고,
태워지고, 투쟁을 통해 커가며
가슴을 떨리게 한다.

음미하며 흥분의 쾌락 속으로 몸을 맡기자.
무력함은 생각을 괴롭히고 어리석으며,
아이디어를 제공할 능력이 없다.

예술가의 언어로 말하고 건네자.
악마들아! 폭력을 그쳐라!
너희들의 말. 너희들의 표식. 너희들의 힘을.

○

그는 자신의 얼굴에서 기생하는 악마를 보았을까.
생명력을 잠재우는.
그리고 싸웠을까. 우리 모두가 그러하듯이.

EIN SELBSTBILD.

EIN EWIGES TRAVMEN VOLL SVSSESTEN
LEBENSVBERSCHVSS – RASTLOS, –
MIT BANGEN SCHMERZEN INNEN, IN DER
SEELE. – LODERT, BRENNT, WACHST
NACH KAMPF, — HERZKRAMPF.
WEGEN VND WAHNWITZIG REGE MIT
AVFGEREGTER LVST. – MACHTLOS IST
DIE QVAL DES DENKENS, SINNLOS, VM
GEDANKEN ZV REICHEN. – SPRACHE
DIE SPRACHE DES SCHÖPFERS VND
GABE. – DAMONE! — BRECHT DIE
GEWALT! —
EVRE SPRACHE, – EVRE ZEICHEN, –
EVRE MACHT.

1910.

고개를 숙인 자화상, 1912

Anarchist
아나키스트

아나키스트

무언가 거대한 것이 시작되는 곳,
유일무이의 세상은 그곳과 닮았다.
신은 아무것도 없이는 아무것도 아니었다.
나는 달음질하며 그를 느꼈고, 그의 냄새를 맡았다.

어떻게 당신은 형체일 수 있는가?
도대체,
귀, 바람, 입술 같은 것들이
어떻게 당신에게 '형체'일 수 있는가.

오! 지독한 창녀, 네 다리를 더 넓게 벌려라.
폭풍이 울며 부른다.

부른다, 너를, 부른다!

이유를 따지지도 말고, 저항하지도 말고 허공을 애무해라.
산을 만들고, 무질서한 덤불을 키워라.

○

무에서 유.

혼돈에서 생명.

그리고

허공에서 존재로.

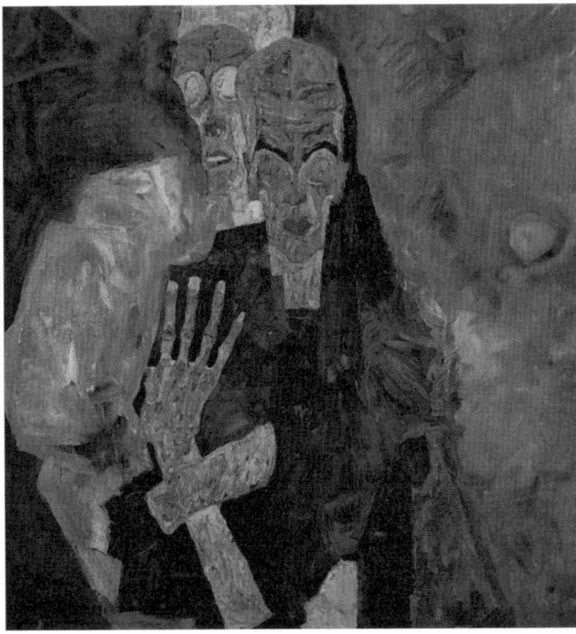

자신의 미래를 내다 보는 자(죽음과 인간), 1911

밀밭

찬란한 빛이 파도치는 대지 위를 일렁이고
태양은 숨을 들이마시고 내쉰다.
풍요로운 대지의 금빛 표면은 초록빛 포식자들을 물리치고,
성장하고, 드리워지며, 마침내 생의 기쁨으로 가득 찬
노오란 원자들을 드러낸다.

○

어떤 시작

풍경, 밭, 크룸로프 근처의 크로이츠베르크, 1910

자화상 II

나는 만물로 존재하지만,
모든 것을 동시에 하지는 않을 것이다.

○

실레에게 '실재함'이란 강처럼 산기슭에도 흐르고, 나룻배 옆에도 흐르고 동시에 바다에도 흐르는 것이다.
몸의 유연함 때문에 자신의 모든 존재의 행위를 할 수 없을지라도, 그에게 중요한 것은 어디에나 존재할 수 있는 정신이다.

이중 자화상, 1915

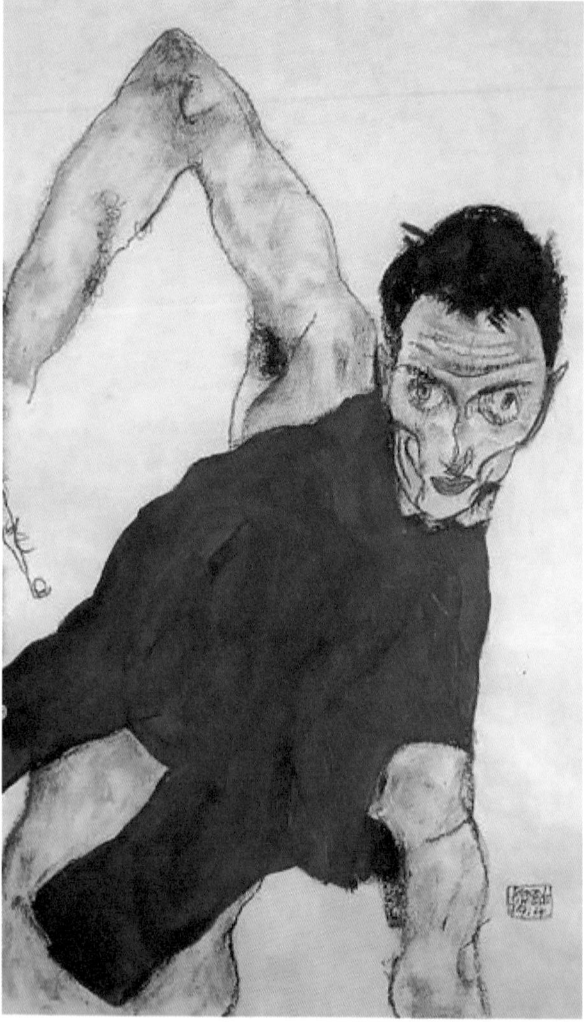

꿈틀대는 오른쪽 팔꿈치를 들고 있는 자화상, 미상

미상

시골길

가냘픈 나무들이 길을 따라 걷고 있었다.
나뭇잎 위에서는 새들이 떨며 울고 있었다.
성큼성큼, 분노에 가득 찬 붉은 눈을 하고,
나는 침수된 길을 걸어갔다.

○

한 번 눈 뜬 자는
두 번 다시 이전으로
돌아갈 수 없다.

LANDSTRASSE.

DIE HOHEN BAVME GINGEN ALLE DIE STRASSE ENTLANG, IN IHNEN ZIRPTEN ZITTRIGE VÖGEL. – MIT GROSSEN SCHRITTEN VND ROTEN BÖSEAVGEN DVRCHLIEF ICH DIE NASSEN STRASSEN.

Egon Schiele 1910.

움직이는 가을 나무, 1912

자화상, 1914

바라봄

나는 사랑으로부터 모든 것을 이해한다.

나는 화가 난 사람들을 부드럽게 바라보고 싶었다.
그들의 눈에 보답하고 싶었다.

나는 부러워하는 사람들에게 주고 싶었고 말하고 싶었다.
나는 무가치한 사람이었다고.

… 공기를 타고 늘어지는 부드러운 신음을 들었다.
그리고 높고 구슬픈 목소리로 웃었던 소녀와
커다란 눈으로 나를 바라보던 아이들은
나의 눈길에 애무로 답했다.
그리고 저 멀리 구름은 선하고 가느다란 눈으로
나를 응시했다.

하얗고 창백한 소녀들이 내게 그들의 다리와
붉은 벨트를 보여주고 검은 손가락들로 말을 걸었다.

내가 광대한 세상과 처녀의 손가락에 대해 생각할 때,

그저 아무것도 모르는 채로
거기에 있었다면.

공원을 바라보았다.

노란 초록, 푸른 초록, 붉은 초록, 연보랏빛 초록,
태양 빛 초록, 그리고 떨리는 초록을.
오렌지 나무에 핀 꽃들의 소리도 들었다.

그러고 나서 나는 공원의 타원형 벽에 몸을 대고
연약한 발을 가진 아이들의 말을 엿들었다.
장밋빛 리본을 두른 아이들의 몸은
푸른색과 회색으로 얼룩덜룩했다.

그들이 관능적인 은혜를 덧입어 거대한 원 속에 앉자마자
나무 기둥 선들이 그들을 향해 드리워졌다.
그러자 채색된 초상화 이미지 하나가 내게 떠올랐다.

왠지, 나는 그들 모두와 단 한 번 밖에
말해본 적이 없는 것 같았다.

○

'바라봄'이란 지나가는 것이다.
다시 올 수 없는 것이다.

초록 스타킹, 1914

전나무 숲

나는 전나무 숲의 두껍고 검붉은 동굴 속으로 들어간다.
그들은 소리 없이 서로의 모습을 따라 하며 바라보고 있다.

빽빽하게 들어선 나무줄기의 눈들이
눈에 보일 듯한 습기를 잡았다가 내쉰다.

완벽하다!
모든 것이 살아있으면서 죽어있다.

○

생명력 넘치는 자연성에서
그는 부동을 보았다.
의도 없이도 온전한.
우리가 다다라야 할 혹은 돌아가야 할 곳.

TANNENWALD.

JCH KEHRE EIN IN DEN ROTSCHWARZEN
DOM DES DICHTEN TANNENWALDES,
DER OHNE LARMEN LEBT VND
MIMISCH SICH ANSCHAVT.
DIE AVGENSTAMME DIE DICHT
SICH GREIFEN VND DIE SICHTBARE
NASSE LVFT AVSATMEN. —
WIE WOHL! — ALLES IST
LEBEND TOT.

[signature] 1910.

네 그루의 나무, 1917

손을 펼친 자화상, 1909

공원의
여인

…하얀 햇살이 비추는 길을 따라 걷고 있었다.
나는 붉은색이었다.

푸른 정원의 초목 속에서 파란색 여인을 보았다.
그녀는 조용히 멈췄다.
그리고 동그랗고 어두운 눈동자로 나를 응시했다.

그녀의 얼굴은 거의 흰색이었다.

같은 공간에 있지만
같은 세상을 살지 않는 우리.

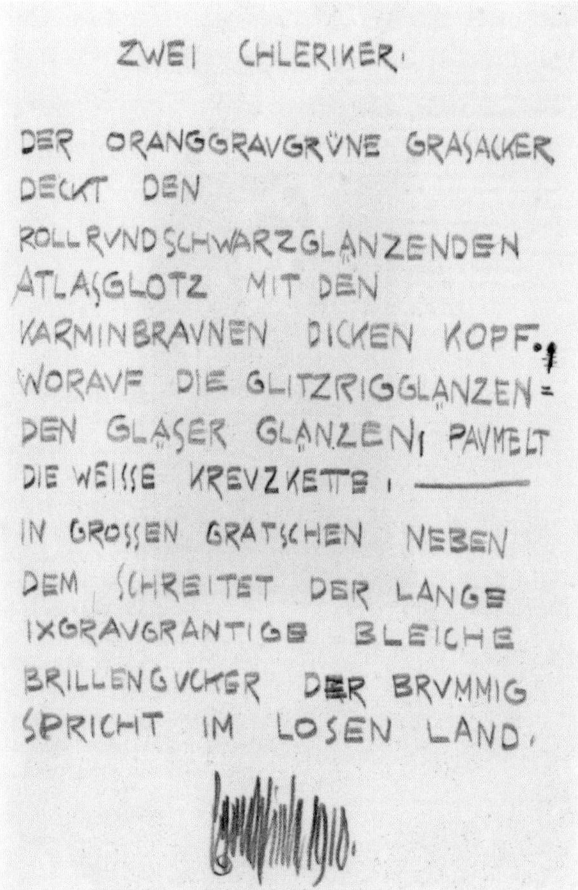

ZWEI CHLERIKER.

DER ORANGGRAUGRÜNE GRASACKER
DECKT DEN
ROLLRUNDSCHWARZGLÄNZENDEN
ATLASGLOTZ MIT DEN
KARMINBRAUNEN DICKEN KOPF.;
WORAUF DIE GLITZRIGGLÄNZEN=
DEN GLÄSER GLÄNZEN; PAUMELT
DIE WEISSE KREUZKETTE. ———
IN GROSSEN GRATSCHEN NEBEN
DEM SCHREITET DER LANGE
IXGRAUGRANTIGE BLEICHE
BRILLENGUCKER DER BRUMMIG
SPRICHT IM LOSEN LAND.

1910.

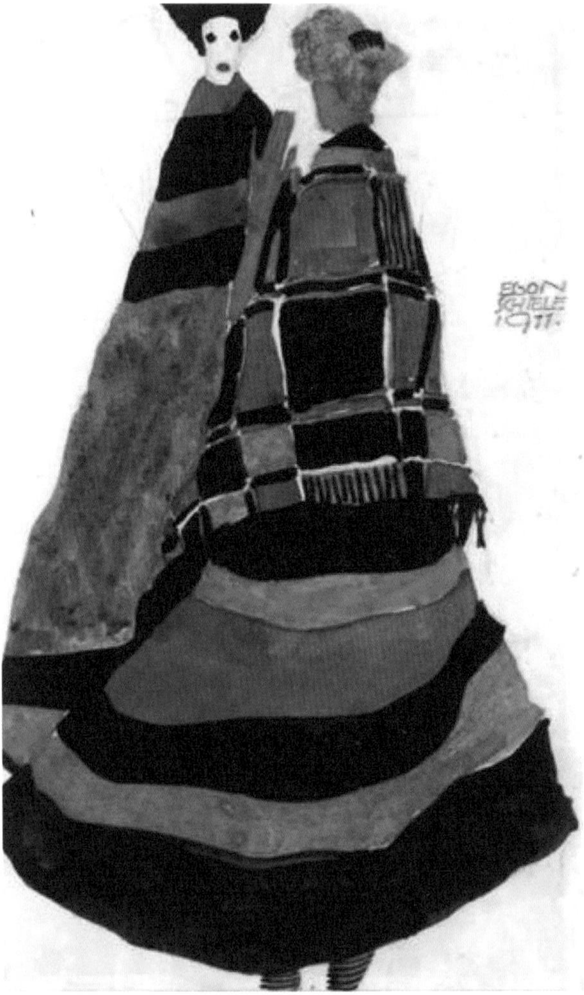

엽서를 위한 디자인, 1911

베개에 기대고 있는 소녀, 1910

앉아있는, 예술가의 아내, 1918

정치가

높이 쌓은 벽 위에 만일의 경우를 위해 쌓는 벽.
산 위에 다시 산.
한결같이 죽어버린 생,
죽음.

○

의도, 계획, 전쟁
자연성으로 회귀를 방해하는 것들.

세 명의 남성으로 구성된 자화상, 1911

두 성직자

푸른 빛과 회색빛이 감도는 오렌지 나뭇잎들이
밝고 빛나는 검은 천을 두른 거구의 인물을 뒤덮었다.
적갈색 머리칼을 한 큰 머리 위에는
번쩍이는 안경이 빛나고 있다.

체인에 하얀 십자가가 매달려 있다.

그 옆에,
잿빛 안경을 쓴 가련한 인물이
이 타락한 풍경 속을 투덜대며 걸어간다.
큰 보폭으로, 저 멀리 앞서서.

○

두 사람 모두 실레의 양면성을 대변하고 있다.
크고 빛나고 꾸며진 한 사람과
치장한 성직자와 꾀죄죄한 성직자
모습은 다르더라도 그 끝은 위선인.
실레는 내면에 시작된
자신의 거짓됨을 비웃고 있다.

ZWEI CHLERIKER.

DER ORANGGRAVGRÜNE GRASACKER
DECKT DEN
ROLLRVNDSCHWARZGLÄNZENDEN
ATLASGLOTZ MIT DEN
KARMINBRAVNEN DICKEN KOPF.
WORAVF DIE GLITZRIGGLÄNZEN=
DEN GLÄSER GLÄNZEN, PAVMELT
DIE WEISSE KREVZKETTE. ———
IN GROSSEN GRATSCHEN NEBEN
DEM SCHREITET DER LANGE
IXGRAVGRANTIGE BLEICHE
BRILLENGVCKER DER BRÜMMIG
SPRICHT IM LOSEN LAND.

[illegible] 1910.

후크시아 꽃, 1910

자화상 Ⅲ

나는 나 자신을 위해,
그리고 자유에 대한 나의 억누를 수 없는 갈증을
불러일으키는 모든 사람을 위해 존재한다.

그리고 나는 모든 것을 사랑하므로 그들 또한 사랑한다.

나는 사랑한다.

나는 고귀한 사람 중에서도 가장 고귀한 사람이며,
그들 중에서도 가장 많이 베푸는 사람이다.

나는 인간이다, 죽음을 사랑하고, 삶을 사랑한다.

○

사랑의 반대어는 두려움이다.
실레는 사랑하는 자이므로
죽음을 사랑한다고 말할 수 있었다.
모든 것을 사랑한다고 말할 수 있었다.

EIN SELBSTBILD.

ICH BIN FÜR MICH UND DIE, DENEN
DIE DURSTIGE TRUNKSUCHT NACH
FREISEIN BEI MIR ALLES SCHENKT,
UND AUCH FÜR ALLE, WEIL ALLE
ICH AUCH LIEBE, — LIEBE.

ICH BIN VON VORNEHMSTEN
DER VORNEHMSTE
UND VON RÜCKGEBERN
DER RÜCKGEBIGSTE

ICH BIN MENSCH, ICH LIEBE
DEN TOD UND LIEBE
DAS LEBEN.

[illegible] 1910.

은둔자, 1912

창백하고 말 없는
소녀의 초상

나의 사랑에 있어 단 하나의 오점

그렇다. 나는 전부를 사랑했다.
그 소녀가 내게로 왔고, 나는 그녀의 얼굴과 무의식,
그리고 노동기 어린 손을 사랑했다.
나는 그녀의 모든 것에 빠져들었다.
그녀의 외모와 내게 주는 친밀감으로 인해
나는 그녀를 그릴 수밖에 없었다.

지금,
그녀는 떠나고 없다.

나는 그녀의 몸만을 만날 뿐이다.

○

꾸밈없고 군더더기 없는 '몸'.

어떻게 그렇게 존재할 수 있을까?

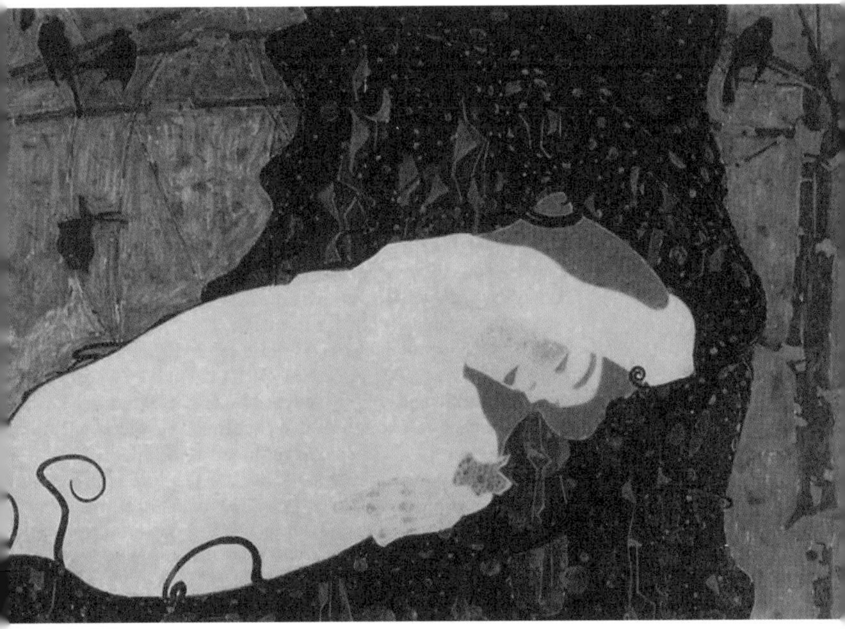

다나에, 1909

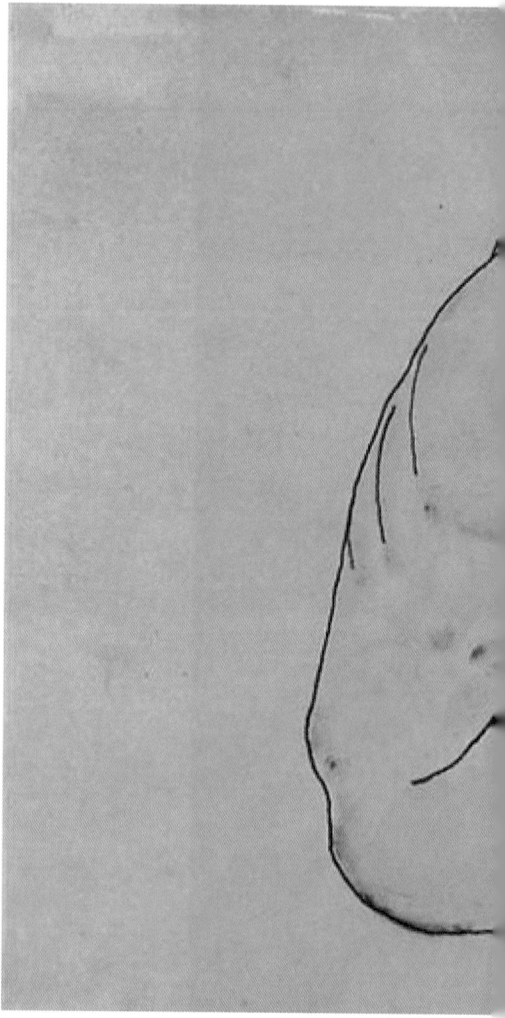

앉아있는 여인, 1913

침수된 밤

나는 저녁 바람의 서늘함과
폭풍 속 검은 나무를 엿보고 싶었다.
내게 폭풍 속 검은 나무라 함은
구슬피 우는 벌레들과, 농부들의 투박한 발걸음,
그리고 멀리서 들려오는 종소리다.

나는 나룻배의 소리를 듣고 싶었다.
그 배가 땅에 닿는 순간을 보고 싶었다.
벌레들은 마치 겨울 나라 불의 아이들처럼 노래했지만,
거대하고 어두운 존재가 곧 그들의 화음을 부숴버렸다.

도시는 침수되어 내 앞에 차갑게 서 있었다.

○

유년의 완벽한 기억,

총 천연한 내면이 깨진 밤

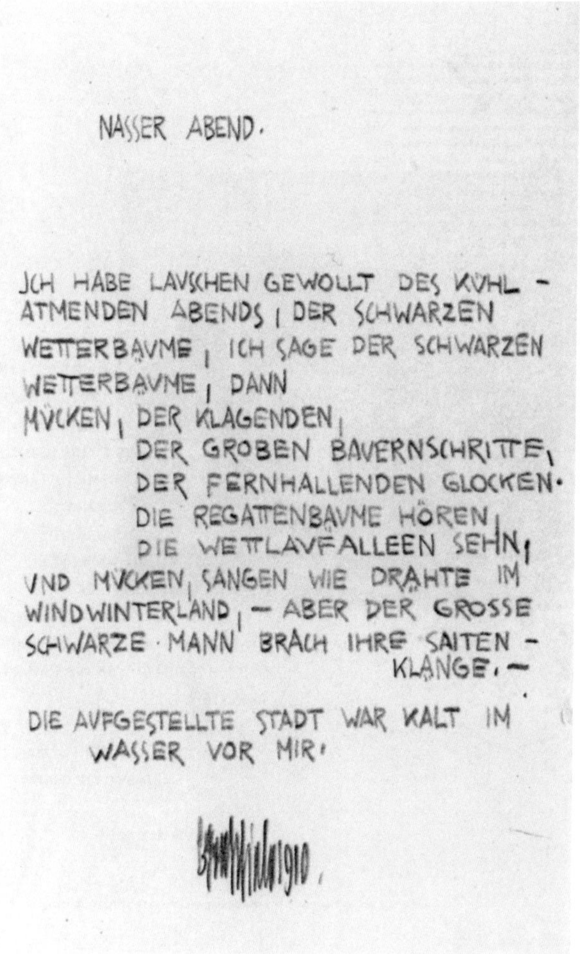

NASSER ABEND.

ICH HABE LAUSCHEN GEWOLLT DES KÜHL-
ATMENDEN ABENDS, DER SCHWARZEN
WETTERBÄUME, ICH SAGE DER SCHWARZEN
WETTERBÄUME, DANN
MÜCKEN, DER KLAGENDEN,
DER GROBEN BAUERNSCHRITTE,
DER FERNHALLENDEN GLOCKEN.
DIE REGATTENBÄUME HÖREN,
DIE WETTLAUFALLEEN SEHN,
UND MÜCKEN, SANGEN WIE DRAHTE IM
WINDWINTERLAND, – ABER DER GROSSE
SCHWARZE MANN BRACH IHRE SAITEN-
KLÄNGE. –

DIE AUFGESTELLTE STADT WAR KALT IM
WASSER VOR MIR.

1910.

서 있는 남자의 누드, 1910

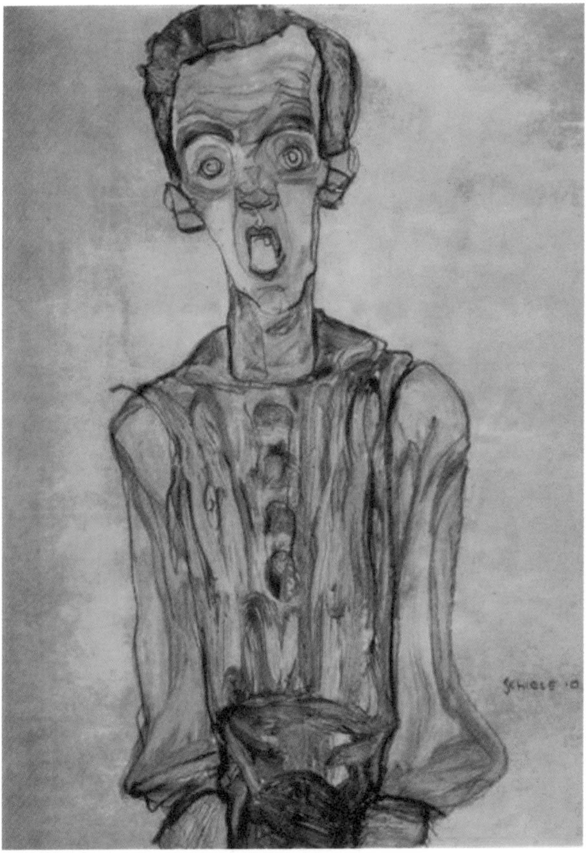

자화상, 1910

해바라기, 1909

가을 나무, 1911

자화상을 위한
스케치

내 안엔 오래된 독일인의 피가 흐르고, 그래서 종종 내 속에서 조상들의 흔적을 발견한다.
나는 안할트 공국 베른부르크의 첫 번째 시장이자 법률 고문이었던 프리드리히칼 실레의 현손으로, 빈에서 나고 자란 아버지와 크룸로프 출신 어머니 사이에 1890년 6월 12일, 도나우강 강가 툴른에서 태어났다.

유년 시절 내게 강하게 남아 있는 이미지는 봄의 오솔길이나 휘몰아치는 폭풍이 주는 고요한 풍경들이었다.
이 첫날들로부터, 나는 분꽃과 말 없는 정원의 소리와, 분홍빛으로 나를 반사하는 맑은 눈의 새들의 소리를 듣고 맡는 듯했다.

나는 가을이 되면 자주 반쯤 감은 눈으로 울었다.
그리고 봄이 되면 온 세상을 담아낸 한 곡의 음악을 상상하곤 했다.
또 여름이 되면 그 찬란함을 즐기다가도 변덕스레 흰 겨울로 자신을 칠해버리는 나를 비웃었다.

그때까지 나는 줄곧 기쁨 안에서 살았다.
즐거울 때도 있고, 우울할 때도 있었지만.

그러나 학교에 들어가면서 나에겐 의무만 남은 죽은 시간이 시작되었다.
툴른 초등학교, 그리고 클로스터노이부르크 중학교.
그때부터 나는 나에게 죽음을 선고한 도시 속에서 끝을 알 수 없는 날들을 살아갔다. 그런 나 자신이 불쌍했다.
이 시기에 나는 아버지가 살았던 죽음의 세계를 경험했다.

한편 순진무구한 선생들은 언제나 나의 적이었다.
그들은 다른 이들과 마찬가지로 나를 이해하지 못했다.

궁극적인 감각, 그것은 종교와 예술 아닌가.
자연은 중간이고 말이다.
하지만 그곳은 신이 존재하는 곳이며, 나는 그를 강하게, 더욱더 강하게, 저 끝까지 느끼고 있다.

나는 '현대' 예술이라는 것은 존재하지 않는다고 믿는다.
나는 '영원한' 예술만이 존재할 뿐이라 믿는다.

○

예술은 사랑과 맞닿아 있을 수밖에 없다.
우리의 모든 것이 쓰이기 때문에.
그래서 모든 예술작품은 인간의 보편성과 시대를
관통하는 한 곡의 음악들이다.
실레는 사랑하는 자였다.
우는 자였고, 웃는 자였다.
그는 다시 찾을 봄을, 그리고 영원히 돌아갈 내면의
고향을 바라보았다.

체크 셔츠를 입은 자화상, 1917

미상

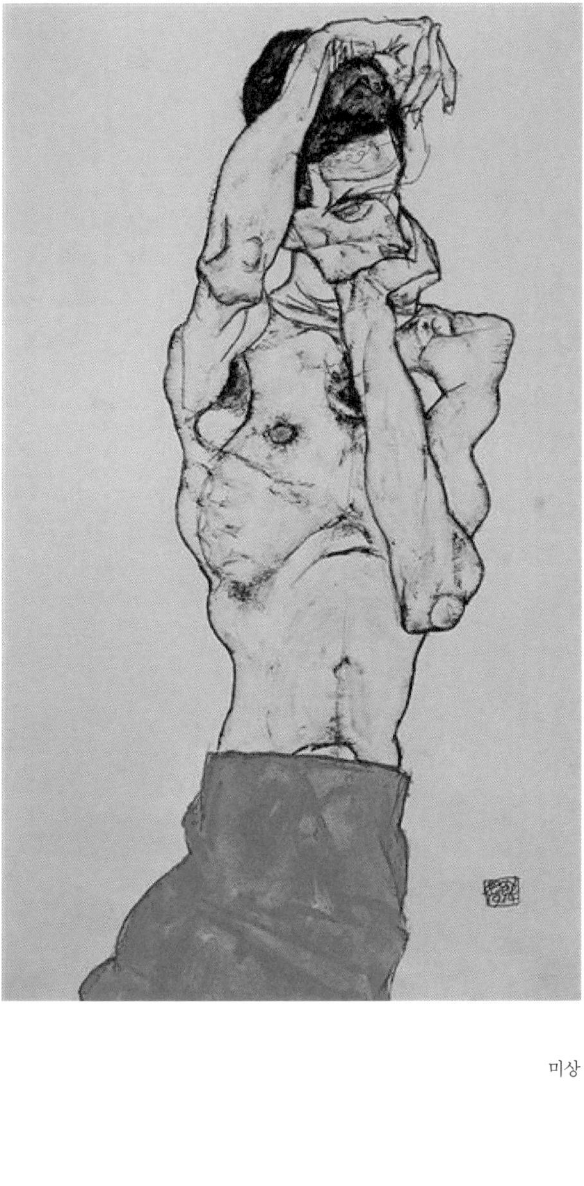

미상

Egon Schiele

1890.6.12 ~ 1918.10.31

1890년 6월 12일 오스트리아 빈 근교 툴른에서 태어나 1918년 10월 31일 28세의 나이에 독감으로 사망한다. 미술을 배운 것은 16세에 3년간 빈 미술학교에서의 시간뿐이었다. 이후 구스타프 클림트의 영향을 받아 '빈 분리파'의 멤버가 되고 죽기 전까지 새로운 형태의 표현법을 마련하며 조금씩 세간의 주목을 받게 된다. 1914년 발발된 1차 세계대전 중 에디트 실레와 결혼한다. 그녀의 도움으로 첫 전시를 성공적으로 마치지만, 그녀가 독감으로 인해 임신한 채 세상을 떠나고 곧 그도 사망한다.

에곤 실레의 그림과 시

에곤 실레의 인생이나 그림은 최근 영화나 도서를 통해 국내에 꽤 알려진 바 있다. 그러나 그의 또 다른 정수를 이해할 수 있는 시나 편지 등 텍스트로 이루어진 작업물은 유럽권이나 영미권에서만큼 국내에서 다루어지지 않았다. 이 책이 처음일 것으로 생각한다. 그의 조국인 오스트리아에서는 그의 그림을 전시할 때 그림만큼이나 글을 비중 있게 전시한다. 글은 에곤 실레가 자신을 표현하면서 그림만큼 중요한 표현 수단이었고, 시를 통해서 그림으로 다 표현할 수 없는 세밀한 감성과 머릿속에 떠오르는 이미지들을 드러냈다. 시는 그의 또 다른 캔버스였다. 물론 시에서도 이러한 감정을 여과 없이 드러내는데, 특히 자전적 시인 '나는 가장 처음 영원한 봄의 오솔길을 보았다.'에서는 그 이유를 유년의 자유로운 시절이 강제적으로 종말을 맞는 데서 찾는 것을 볼 수 있다.

그는 1890년 오스트리아 빈 근교의 툴룬이라는 마을에서 태어났다. 어릴 때부터 회화에 두각을 드러내어 16세 때 빈 미술학교에 조기 입학 허가를 받을 만큼 주변의 기대를 한 몸에 받았지만, 아카데미의 보수적인 학풍과 교수들과의 갈

등으로 1909년 입학 3년 만에 중퇴했다. 오스트리아에 전시된 그의 학교 시절 회화작품을 보면, 우리가 알고 있는 에곤 실레의 그림 형식이나 표현방식은 전혀 찾아볼 수 없다. 마치 그 당시 입시 미술에서 수상할 만한 스킬의 그림, 표현, 소재 등이 나타난 듯 특별하지 않은 '잘 그린' 풍경 그림들이 많이 등장한다. 시에서도 에곤 실레가 표현하지만, 그는 어린 시절 주변의 풍경으로부터, 내면으로부터, 계절로부터 풍요로운 감정을 느낀 사람이었다. 아마도 본인 안에 있는 고유하고 독특한 시선을 유년 시절에 자각하고 있었던 것으로 보인다. 그랬기에 몇몇 시에서 드러냈듯 학교 시절이 고통스러웠고, 그의 고유함을 억누르는 당시 사회의 잣대와 교육이 그를 더욱 괴로움으로 내몰았을 것이다. 그는 1908년 빈 분리파의 핵심 멤버가 되고 학교에서 몇몇 마음이 맞는 친구들과 '신예술가그룹'을 만들어 활동했다. 결국 학교를 나온 그는 새롭게 등장한 아르누보 양식을 선호했고, 바로 이 시기에 구스타프 클림트(Gustav Klimt)를 만나 영향을 받았다.

실레의 시들은 그의 이러한 삶을 관통했던 내밀한 감정을 느낄 수 있는 또 다른 단서가 되어 줄 것이다.

초기 활동에서는 아무래도 클림트의 장식적인 회화에 영향받은 듯 시각적으로 화려하고 극적인 양식의 그림을 그렸다.
그러나 점차 자신만의 내면과 선을 잇는 정신적인 영역까지 그림을 끌어 올리고, 결국에 클림트의 영향에서도 벗어나 표현주의 시대의 대표적인 작가로서 발돋움하게 된다. 그의 주요 주제는 '인간의 실존을 둘러싼 모든 것들' 혹은 '나 자신을 찾아가는 투쟁'이었다. 그래서 죽음의 공포에 대해 탐구하고, 인간 내면의 관능적인 욕망에 대해 연구하고, 그로부터 인간의 육체를 그의 불안과 의심의 반영인 듯 왜곡되고 뒤틀린 형태로 묘사했다. 인물을 그릴 때 작품의 배경은 백지상태로 두어 그의 고독과 단절감을 드러내었다.

실레는 회화가 사람이 가진, 생이 가진 진실만을 보여줘야 한다고 생각했다. 그렇기 때문에 사회의 '윤리'와 '법'이 제지하는 인간 내면의 욕망을 그림으로 재조명하는 데 힘썼다. 그것이 바로 성(性)과 죽음에 대한 집중으로 이끌었고 보다 적나라하고 생생하게 표현하는 데 힘썼다. 그렇기에 그는 시대의 이단아로 평가받기도 했고 늘 문제가 있는 작품을 선보이는 작가로 이슈가 되어야만 했다. 소녀와 여인의 누드를 그리다가 1912년에는 노이렝바흐에서 미성년자 납치혐의로 재판을 받고 24일 동안 구금되기도 했다.

1914년 제1차 세계대전이 일어나고 징병당한 후 1915년 에디트 하름스(Edith Harms)와 결혼하여 낮에는 전장으로 밤에는 거처에 돌아와 그림을 그리는 생활을 이어나갔다.
그 후 전쟁 막바지에 이르러 첫 개인전을 성공적으로 마치고 드디어 재정적으로도 사회적으로도 안정을 얻게 된다.

그러나 그의 행복은 오래가지 않는다. 이 시기에 에디트가 임신을 했는데 그녀가 당시 유행하던 독감에 임신한 채로 사망했고, 그도 사흘 만에 같은 병으로 세상을 떠난다. 그때 그의 나이는 28세였다. 그가 그린 '가족'이라는 그림은 아이를 기다리며 완성한 작품이었다.

대표작에는 '자화상 Self-Portrait'(1910), '죽음과 소녀 Death and the Maiden'(1915), '가족 The Family'(1918) 등이 있다.

미술을 하면서 에곤 실레의 그림을 알고는 있었지만 그를 제대로 만난 건, 만났다고 표현하겠습니다. 2014년 유럽에서 유학하던 시기였습니다. 그때까지는 에곤 실레의 그림에 약간의 거부감을 가지고 있었습니다. 편견으로 인한 것이었죠. 저렇게 외설적이고 퇴폐적인 그림을 그린 사람이라면 정신 또한 방탕하지 않았겠는가, 하는 편협한 생각이었습니다.

그러던 중 오스트리아에서 클림트의 '키스'라는 그림을 보게 되었습니다. 그 후, 벨베데레 궁전에 갔다가 함께 전시된 에곤 실레의 그림을 보게 되었습니다. 선의 강렬함과 진실함에 이끌려 빈의 현대미술관에 전시 중인 에곤 실레 전을 다시 찾아갔고, 거기서 그의 시를 만나게 됩니다. 그때 느낀 에곤 실레를 잊을 수가 없습니다. 떠올렸던 단어는, 아이, 삶, 죽음, 사랑 같은 것이었습니다.

이후 한국에 그의 글들을 소개하고 싶다는 열망을 품게 되었습니다.

어릴 적부터 영원한 집을 꿈꿨습니다. 내가 누군지 느끼는 이들이 부러웠습니다. 세상 사람들은 너는 아무것도 실패하지 않았고, 풍요로운 삶을 사는데 뭐가 문제냐고 할 정도로 표면적으로는 문제없는 삶을 살았습니다. 하지만 돌이켜보면 줄곧 살고 싶은 집과 천국을 낙서했고, 노래하고 춤추는 사람으로 살고 싶었습니다.
학교에 가면서 부모님과 한국사회의 '안전법' 속에서 '집'으로 이끌 수 있으리라 믿었지만, 점점 내면과 건강은 시들어서 결국엔 저를 포기하는 길이라고 생각했습니다.
용기를 내지 못한 30년의 세월 동안 회사에 들어가면 1년을 채 못 버티고 나오기 일쑤였고, 정신과와 약에 도움을 받지 않고는 생활할 수 없는 때까지 이르렀습니다. 그래서 모든 실패로부터 도망쳐 프랑스로, 예술 속으로 숨어 들어가기 시작했습니다. 신, 친구, 부모, 공부, 꿈… 믿었던 것들로부터 저를 분리하며 몇 년을 살았습니다. 그러던 어느 날, 심한 알러지로 숨이 막혀 죽을 뻔한 이후, 신기하게도 저는 모든 두려움을 없앴습니다.

그러자 몇 년 후 에곤 실레의 시를 번역할 기회가 찾아왔습니다. 마치 이젠 자격이 된다고 누군가 얘기하는 것 같았습니다. 감히 말씀드릴 수 있는 것은, 에곤 실레 또한 100여 년 전 저와 같은 청춘의 시기를 살며 비슷한 고민과 고통과 투쟁을 겪었다는 것입니다.

그의 글을 번역하는 일이, 약한 마음에 '더는 너 자신을 잃지 말라'고 용기를 주고 함께 싸우는 일이라고 믿습니다.

더불어 유학 초기부터 청춘에 대해 함께 고민한 김선아 역자와의 협업이 있었기에 실례에 대한 보다 깊은 이해를 독자들에게 건넬 수 있었음을 전합니다.

숲을 보며, 문유림

나,
영원한 아이
Ich
Ewiges Kind

초판1쇄 발행 2018년 10월 31일
초판3쇄 발행 2022년 05월 04일

지은이 에곤 실레
옮긴이 문유림, 김선아
펴낸이 최병윤
펴낸곳 알비
출판등록 2013년 7월 24일 제2020-000041호
주소 서울시 서대문구 증가로30길 29-2, 1층
전화 02-334-4045
팩스 02-334-4046

종이 일문지업
인쇄 수이북스

ISBN 979-11-86173-53-4 03850
가격 12,000원

잘못 만들어진 책은 구입하신 서점에서 바꾸어 드립니다.
알비는 리얼북스의 문학, 에세이, 대중예술 브랜드입니다.
독자 여러분의 소중한 원고를 기다립니다(rbbooks@naver.com).